어쩌면, 내 얼굴

시로여는세상 시인선 041

어쩌면, 내 얼굴

이순옥 시집

시로여는세상

시인의 말

모란을 만나러 가는 길
길가에 엎드린 작은 목숨들의 숨소리와 만났다.
자꾸만 바닥을 들여다보고 뒤돌아보는 버릇이 생겼다.
모란은 어디에 피었는지 피기는 피는 것인지
발목을 휘감는 詩를 어르고 달래며 여기까지 왔다.

꽃 농사를 지었다.
작고 못생긴 것들이어서 더욱 버릴 수 없었다.
일으켜 세우고 일으켜 세워도 주저앉는 꽃들 때문에
나는 자주 아프고 쓸쓸했다.
내 꽃밭에 우후죽순으로 돋아난 오종종한 것들
바람결에 서로 얼굴 비비며 눈빛 반짝이는
꽃송이들에 내 얼굴을 부벼본다.

다시 길을 떠나면서
낮은 곳을 사랑하는 작은 것들을
부끄러워하지 않기로 했다.

지극히 아끼고 사랑한다.

2019년 가을 위례산 산자락에서
이순옥

차례

1부_묶다

2부_엎드려 흐르는 물

3부_폭설

1부

묶다

가시연꽃

저것이 연꽃이라니
가시보다 무서운 창이 가슴을 뚫고 나오는
저 치명적인 목숨에 누가 연이라 이름 붙였을까

늪 속에 잠겨
끓어오르는 심사를 삭여왔나
졸이고 졸여 핏빛으로 피었구나

세상살이 조용히 엎드려야 한다지만
들끓는 오뉴월의 뙤약볕 견디지 못하고
불쑥 꺼내든 저 뜨거운 꽃송이
깊이를 알 수 없는 늪에
가시 송송 매달고 솟아오른
선연한 얼굴

제 가슴을 찢고 꽃을 꺼내 드는
무성한 자존과 생명
늪을 뒤덮었다

자유로에서 자유를 생각한다

자유로를 끌고 가는 중앙분리대
작별처럼 흔드는
코스모스 하얀 손목이 눈부시다
흔들리는 꽃이파리들

하필이면 저기에
양방향으로 달리는 고속화도로
그래도 꽃은 피어
소리 지르며 내달리는 자동차 입김에
흔들리고 휩쓸리지만
부러지지 않았다

조용히, 조용히,
조용히 하라고 애원하던 초등학교 여선생같이
끊임없이 흔드는 저 손

가보지 않으면 몰랐던 길
자유도 삶도 끊어진 길

무섭거나 위험한 길

급브레이크 소리가
이명처럼 들리는 낭떠러지
자유로는 임진강 물속으로
물총새처럼 머리를 처박는다

임진강 머리 되돌아서야 하는 끊어진 길가에
꽃밭을 만들던 낯선 손이 그리워 저렇게
한 송이 꽃으로 흔들리고 있었구나

뒤돌아서 올 수밖에 없는
자유로의 중앙선을 옆구리에 끼고 달린다

주목나무 곁으로 간다

태백산을 오른다
새 한 마리 휘리릭 앞질러 날아간다
산마루를 빈둥빈둥 지나가는 구름도
내 머리 위를 지나간다
한 계단 한 계단
고개를 숙이고 뚜벅뚜벅
아픈 무릎을 달래며 올라간다
눈보라가 등짐처럼 매달려서 함께 오른다
땅바닥에 코를 박고 등짐을 단단히 맨다

가쁜 숨 몰아쉰다
추운 겨울에 한사코 산을 오르는 것은
집을 지으려는 것도 아니고
가져올 것이 있어서도 아니다

태백산 정상에 서 있는 주목나무
절반은 죽고 절반은 살았다

머리의 한쪽으로만 피가 도는 아버지
내 마음도 한쪽으로만 피가 흐른다

아버지, 왜 여기 계세요 너무 추워요

태백을 굽어보며 바람과 싸우고 있는
늙은 나무를 감싸 안는다

묶다

꿈에 그린 아파트 가는 길
모퉁이에 공터 하나 차지하고
땅을 고르고 이랑을 만든다
고추 모종 몇 포기 심어놓고
감싸주고 안아주고
자식처럼 쓰다듬는다

갈라지고 터진 손길이
나를 키웠고
나를 묶어주었듯이
어린 모종에 지지대를 세우고
끈을 묶어준다

꿈에서나 그려보는 아파트의
위용에 전전긍긍 짓눌리지 말고
부디 무사히 견디라
바람과 햇볕 벌레들과 더불어
무탈하게 자라거라

나를 묶었던 끈들은 바람에 휩쓸려 날아갔다
쓰레기를 치우고 만든 작은 공터에서
나는 너에게 자꾸만 물을 부어준다

손금처럼 물 지나간 흔적
선명하게 길을 만드니 이제
어린 고추모는 스스로
제 몸을 단단히 묶을 것이다

풀섶을 돌아보다

잡풀 더미 속에서
참새들이 떼 지어 날아올랐다
참 많은 식구들이 한집에 사나보다
낟알들은 보이지 않는데 뭐 먹을 게 있다는 것인지
가만히 들여다보니
풀씨를 쪼아 먹으며 살아가고 있다
풀의 열매에도 알맹이가 있어서
참새 떼들을 먹여 살리고 있었구나
아버지의 아버지 때부터 오랜 세월
피죽*을 먹고 목숨을 이어온 적이 있었다
먹어도 먹어도 허기지는 작은 뱃구레 채우려
풀더미 속을 들락거리며
열심히 풀씨를 쪼는 풀씨 같은 형제들
열다섯 어린 나이부터 서울로 돈 벌러 갔던 아버지
새 떼 같은 자식들 키우느라 풀섶에 길을 내던 아버지
풀더미 속에서 포로록 포로록 날아오르던 자식들

카페에서 카푸치노 거품을 혀끝으로 녹이며

까르르 거품처럼 웃음을 피워올리는 한 무리의 여자들
그 속에서 나는 달콤한 커피와
아버지의 땀을 섞어 마신다

어제는 인천공항으로 해외 관광을 다녀온 사람들이
십오만 명이 입국했다는 뉴스를 본다

* 풀의 열매로 쑨 죽.

참새 곳간

농협창고 앞마당
참새 떼 몰려와 기다린다
진지하고 엄숙하다
녹색 트럭이 드나드는 곳간,
철문이 열리고 트럭이 포대자루를 업고 떠난다
농협 너른 마당에 흩어진 햇살 몇 줌,
남겨진 것들이 있어서
참새 곳간이 되는구나

농협은행 문을 열고
번호표를 빼 들고 순번을 기다린다
대출금이자, 할부금, 전화, 전기요금
줄줄이 새어나가는 내 포대자루
씨나락까지 빠져나갔다
적금을 깨고 보험을 해약해
뚫린 구멍을 막아보지만
밥풀로 참새 잡다

내 계좌는 텅 비어
번호와 이름만 남았구나
이리저리 흔들어 봐도
먼지만 풀풀 날린다
진지하고 엄숙하게 살아남는 일이
늘 미봉책이다

몸으로 길을 만든다

담쟁이덩굴이 위로만 올라가는 줄 알았습니다
그러나 담쟁이는 옆으로 비스듬히 누워
조금씩 조금씩 담을 넘는다고 합니다
아주 쓰러지지는 않게
영영 기울지는 않게
옆으로 옆으로
몸을 기울이고 담을 오르고 있네요

제 몸에 빗물을 받아서
물을 흘려보내는 길을 만듭니다
몸을 기울이고 살아갑니다
제 몸으로 길을 만드는 것이지요

풀은 수시로 누웠다가 일어나며 물을 받아먹지요
풀이파리는 언제나 물기를 머금고 있지요

산비탈에 선 층층나무 가지가
층을 이루고 층층이 서 있습니다

기면서 자라는 것들의 마음에도
층층나무들의 마음에도 길이 생겼어요

나도 그들과 동족이 되려고
몸을 비스듬히 기울여 봅니다

낭새섬*

칼날 같은 절벽에 집을 짓고 산다는 새
그 새들이 모여 산다는 낭새섬에는
지금도 절벽의 집 문이 열려 있는지
절벽 아니고는 깃들 곳이 없어서
절벽의 옆구리에 세 들어 살겠다고
실오라기 같은 발로 절벽을 후벼 파는데
절벽에서 잠을 자고
절벽에서 새끼를 기르는 새
낭새는 이른 아침부터 날개를 가다듬고
하루 종일 문턱이 다 닳도록 지상을 오르내린다
먼 바닷길을 헤매며 일용할 양식을 구하느라
어쩌면 부리가 다 닳았을지도 몰라
해 질 녘이면 노을은 어미를 대신해
새끼를 다독이고 쓰다듬고
파도가 목이 쉬는 낭새섬

나도 없는 날개를 퍼덕이며 절벽을 오르내린다
벽과 절벽이 익숙한 사람들과 함께

26

엘리베이터를 타고 오르내리며
먹고 자고 싸고 울고 웃고

딱딱한 뼈가 되어
위로 위로 직립하는 집
자고 나면 하나씩 솟아오르는
절벽의 집들

지상은 점차 날개 없는 낭새의 섬이 되어간다

*천리포 해변에서 바라다보이는 작은 섬. 천리포 마을 주민들은 섬이 닭벼슬같
이 생겼다 하여 닭섬이라고 불렀지만 천리포수목원을 설립한 민병갈 원장이 낭
새섬이라 불렀다. 낭떠러지에 집을 짓고 살아서 낭새라고 불리는 작은 새가 이
섬에 살았다고 한다. 낭새는 바다직바구리라는 작은 바닷새다.

걸어 다니는 비둘기

발가락이 빨갛게 부르튼 도시의 새

진종일 종종걸음 구둣발 사이로
이리저리 피해 다니며 밥을 빌어먹는다
밥이 넘쳐나는 세상이라고
도시로 도시로 모여들더니
부리가 다 닳도록
저 더러운 아스팔트를 쪼아대야
먹고 살 수 있는 새로운 종족이 되었다
오늘도 위태로운 밥벌이를 나간다

역 광장을 지나는 동안
숭례문을 지나는 동안
쉼 없이 아스팔트를 쪼아대며
바쁘게 걸어가는 비둘기들
나도 저것들과 같은 종족이 되었나
그들과 함께
종종종 뒤뚱뒤뚱
도시의 숲으로 걸어 들어간다

불빛은 깨어 있고

12층 베란다 위에서 내려다본다
위로 위로 솟구치는 빌딩들
나도 위로 위로 올라와 산다
밥 먹고 잠자고 가끔 창밖 아래 세상을 본다
이만하면 괜찮다 싶다가도 이내 불안하다

별이 말라 죽고 목마른 달이 구름을 들이키는 밤
나도 목말라 지상으로 내려온다

도로변 공터에 들깨를 심어놓고 여름내 공을 들이던 노인
알곡이 없는 빈 쭉정이 들깻단을 두드린다
저 불빛 때문이여
잠들지 못하게 하는 저 불빛 때문이여

노인의 가을이 쭉정이로 흩날리고
하늘 아래 가장 편안한 동네 안서동
12층 아파트가 불빛에 둥둥 떠 있다

눈발은 뛰어들고

눈 오는 날 이삿짐을 싼다
허섭스레기를 껴안고 버틴 세월
묵은 시간의 잔해들을 챙겨 담는다

진작 내 곁에서 떠나보냈어야 했을 것들이
장롱 한쪽에서 시들부들한 뼈로 발굴되고
퀴퀴한 냄새를 풍기며 발효 중인 것들이
뭉클뭉클 나온다
10여 년 사는 동안
한 해가 멀다 하고 짐을 싸야 했던 나날

수반 위의 꽃 무더기
뿌리 내리려던 발을 움츠린다
오늘이 어제와 같길 바라지만
어제는 비 오늘은 눈
오락가락하는 눈발이
불안정한 보따리 위에 쌓인다

불안정한 짐 위에
불안정하게 내가 얹혀간다
너덜너덜한 아스팔트 위로
함께 실려 간다

아파트

저 높은 허공에
새집보다 더 높은 곳에
집을 짓는 사람들

하늘과 땅의 중간
이승과 저승의 중간

빼곡히 쌓아서 만든
그 벽장 속에는
사람 위에 사람이
사람 아래 사람이
밥을 먹고 꿈을 먹는

사람도 사물이 되고
귀신도 사물이 되고

허공에 집을 매달아 놓고
흔들어 대는 바람, 바람들만

온종일 오르내린다

허공에 돋아나는 버섯들
마을마다 인구가 폭발하고 있다는
소문의 포자가 자욱하게 날린다

부부

김이 빠지기 시작한 지는 오래전부터다
설익은 밥알들이 쭈뼛쭈뼛 일어선다
푹푹 김을 뿜어 올리며 달리던 석탄 기차가
빼에엑 소리를 지르며
산모롱이를 돌아서 달아나버렸다
머리 위로 터져 오르던 화통이 시들해져
입으로 옆구리로 뜨끈한 김을 흘리고 만다

부글부글 끓어오를수록
설익은 속살이 터진다
벽 앞에 선 것처럼 시야가 아득한 날
부글부글 끓는 마음에 뜸을 들인다
허리춤을 추커올리며
늘어진 그림자를 주워들고 집을 나선다

서비스센터에 수리를 맡겼다
압력밥솥의 오래된 패킹을 갈아 끼우며
속 터지는 일

김빠지는 일에

뜸을 들이며 기다리고 있다

발자국 찍기

오늘 저녁 텔레비전 화면에는
어느 유명인의 자서전 출판 기념회가 열리고 있다
책 속에 이름을 올린 실세들이 다투어 찾아와
자서전 앞에 줄을 서고 있다
컨벤션홀이 북새통이다
자서전 주인의 발자국을 선두로
덧붙여 찍으려는 발자국들이 뒤엉킨다

흔적과 흔적이 겹치는 화면 속
갈매기 떼들이 일제히 날아오르는 모래톱

모래펄에 수 없는 발자국들
물결 한 자락 지나가니
흔적도 없이 사라졌다

다시 내려앉는 갈매기 떼들
발자국 찍기에 여념이 없고
저만치서
달려오는 파도가 숨 가쁘다

2부
엎드려 흐르는 물

우포 어머니

물이 키운 풀들이 물을 덮고 있다
물속에서 왕버들이 새들을 불러들인다
풀과 새와 물벌레들이 발을 담그고 산다
수면 아래 고여 있는 것들은 맑고 조용하다

콩나물 기르는 내 어머니
꽃이 피면 피는 대로 새가 울면 우는 대로
고요한 물빛이 된 어머니
세상은 늪이라 하면 늪이 된다고 하셨다

나는 딛고 있는 땅을 늪이라 했다
발 빼지 못하는 진흙탕이라 했다
우포에 가서 가슴으로 어린것을 기르는
고요한 어머니를 뵙고 오기 전까지는

번영로에 간다

팝콘을 뿌려놓았나
이팝나무 가로수가 꽃을 터트렸다
번영로 위로 하얗게 핀 꽃구름
구름도 꽃도 고봉으로 피는 눈부신 오월

쌀밥 같은 꽃들이 지천인데
번영로에는 배고파서 말라가는
이 땅의 풀뿌리들도 한켠에 빌붙어 산다
달리는 자동차 깜빡이는 점멸 신호등
그 사이로 정신없이 내몰리는 바람들
꽃길 위에는 경찰서 입간판도 서 있다

엄마의 빈 젖을 빨다 굶어 죽은
아가의 무덤가에 심었다는 이팝나무
죽어서라도 배불리 먹거라 아가야
애간장 썩은 물을 퍼붓는 엄마

보리꽃 피고 이팝꽃 필 때면

쌀밥이 가득 차려진 밥상 앞에서
눈으로만 배불러 더 서러웠던 지난날
지금은 어느 거리에서 쉬고 있을까

번영로, 눈으로만 볼 수 있고
누릴 수는 없는 구름꽃은 아닌지
이팝나무 흐드러진 거리에서 콜록콜록
기침을 토해내는 풀뿌리들

그래도 나는 번영로에 간다

엎드려 흐르는 물

물가를 걷다가 신발에 진흙이 묻었다
진흙을 씻어내며 보았다
늪도 흐르고 있다는 것을
수천 년 동안 몸을 씻고
한 일억 년 고요히 엎드려 있다가
조용히 흔들리는 물

내가 죽어 저 아래 가라앉아서
한 일억 년 엎드려 있으면
저토록 깊어질 수 있을까
그리하여 다시 태어난다면
물속에 발을 담그고도
골백번 피고 지는 자그마한 가시연꽃이나
시도 때도 없이 노래하는 물총새 한 마리
저들처럼 살 수 있다면
나 다시 태어나기 위해
한 일억 년쯤 고요히 엎드려 있겠네

물푸레나무 겨드랑이를 오가며
울어대는 한 마리 되새는
하늘과 땅 위에서 물 위에서
진흙탕에서도 바람처럼 자유롭다
무성한 늪에 발을 담그고
새가 우는 아침을 기다리는
나무, 나무들

내가 여기까지 묻혀온 세상의 진흙
신발에 묻은 진흙을 씻어낸다
우포늪에는 하늘에도 물 위에도 진흙탕에도
새가 산다 나무가 산다

늪의 물은 아무도 모르게 엎드려 흐르고

고양이가 있는 풍경

봄날 아파트 한 모퉁이
재활용 쓰레기장에는
낡은 화분들 줄줄이 앉아서
햇볕 목욕 중이시다

지천에 봄이 만발하였다고 하는데
꽃이 필수록 많이 버려진다는데

억새 같은 마른 흔적들
줄줄이 바람에 널어두고
버려진 화분들 줄지어
앉아서 졸고 있다

봄볕에는
고양이도 졸고
버려진 화분도 졸고

아파트 앞 학교 가는 길목에

나란히 앉아서 몸을 말리는 노인들

나도 버려진 화분도 무심한 봄날

그늘을 찾아서

운동장 한 모퉁이
플라타너스 그늘에서 놀다가
집으로 돌아가는 길은
타박타박 멀기도 했지

산모롱이 돌아가는 바람에 실어
씨앗들 모두 떠나보내고
홀로 남은 플라타너스
봄날도 지쳐 흩어지고
내 안에 자라는 플라타너스
지금도 울울창창한데
머리 위로 따가운 땡볕은 퍼붓고

먹을수록 허기지는 도시 문명 속
수없이 이삿짐을 싸며
봄 한철을 다 보내고
서늘한 그늘을 찾아서
저물도록 떠돌다가

해 질 녘 낯선 마을 어귀에 줄지어 선
가로수 틈바구니에 조용히 박히다

해국海菊은 피어서

어쩌다 아슬아슬한 절벽에서 꽃을 피웠나
보랏빛 입술이 꼭 닮은
솜털 보송보송한 얼굴들
서로 머리를 맞댄 피붙이들 같은데
어디에서 옮겨왔을까

한 줌도 안 되는 흙에 뿌리를 내린 식구들
한 묶음의 꽃다발처럼 바위틈에 걸렸다
연보라색 꿈이
바람보다 먼저 흔들린다

갯바람 짠 내도 저 식술들을
배춧잎처럼 절일 순 없다
흙도 없고 물도 없는 바위틈에서
먹지도 못하고 크지도 못했어도
엎드려 엎드려
기어이 꽃피우는 모진 목숨

서해를 건너온 바람들은
모조리 머리를 찧고 죽어 나간다는
벼랑에서 피어난 쑥부쟁이

파도를 등지고 올려다보는 절벽 앞에서 나는
밀려오는 바람을 작은 등짝으로 가려본다

폭우, 광장에서

I
봉숭아꽃 무더기
서로 먼저 크려고 키만 키우다
무더기로 쓰러져 눕다
꽃밭은 한순간에 전쟁터
꽃밭에는 여전히 비만 내리고
전쟁터에 나온 허약한 꽃들
부러지고 뭉개져
물길에 휩쓸리다

II
빗속을 뚫고 기차가 부려놓은
인간 군상들 광장으로 나설 때
사람과 사람 사이에 생겨난 물길
지하 하수관으로 빨려 들어가고 있다

빌딩 숲에서 무더기로 쏟아져 나오는 인간 군상들
밀치듯 지하철 계단으로 빨려 들어가고 있다

우리는 모두 어느 소용돌이로 휩쓸려 가나

전조 증상

한 여자가 왔다

알 수 없는 영혼들을 몸속에 들여놓고
그들의 이야기를 들어주고 있다는
그녀와 나란히 앉아
나는 묵묵히 그녀를 듣는다

내 마음에도 근심걱정 드나드는 길목이
복잡하여 실핏줄까지 시끄러운데
이것은 내게 찾아온 어떤 전조증상일까
내게는 무슨 영혼이 들어오려고
이토록 바람 소리 시끄러울까

신은 어떻게 오는지,
어느 날 내게 신이 오고
내가 신에게 발목 잡히는 건 아닐까

이 집은 신이 살 집이 아니라고

일주일 만에 그녀가 떠났다

아직은 풀어야 할
근심덩어리 가득한 집안
텅 빈 방에 헛것이 그득하고
바람 소리 창문을 두드린다

오래 기다리는
시마詩魔가 찾아오신 것이라면
버선발로 나가 맞을 수도 있겠다

입춘 무렵

시간의 뒷덜미로
잠깐씩 스치는 햇살
한쪽 귓불이 따스하다

아직은 숨죽일 때라고
언 땅에 바싹 엎드린 쑥부쟁이

덤불 속에서 무슨 소리가 들린다
아무도 모르게 봄을 준비해온 쑥대가
마른풀 속에서 모습을 드러낸다

검불 속을 헤집자
땅거죽에 바짝 붙어서
겨울을 견디느라 얼어 터진
얼굴들이 일제히 고개를 든다
우리는 이렇게 살아 있다고
나를 쳐다보는 얼굴들
나무의 밑둥치 어디쯤에서 들리는

벌레들 숨소리가 어른거린다

덤불 속에 납작 엎드린
저 엄숙한 목숨 앞에서 나는
신발 끈을 다시 맨다

무당벌레

아슬아슬 기어오른다
발바닥이 다 닳도록

미끄러지고 넘어지고

막다른 길을 만나면
되돌아 나오고

미끄러지면 다시
오르면서 보낸 한철

바둥거리며 언제나 혼자
뒤집을 방법을 모색하던 너
누구를 할퀸 적 없다
매달린 적 없다
막다른 길에서 훌쩍
날아가 버릴까 봐
계단을 놓아주는

수수 이파리

뾰족한 끝을 향하여
다시 올라가기 시작하는
저 집념의 아침
바람도 구름도
앞서 지나간 길을
잃어버린 나침판을
날개 속에 감추고
기어서 기어서 올라가
흔들리는 수수 이파리 위에서

발돋움, 다시 한번 발돋움
파르르 날아오르는 저 캄캄한 꿈

어두워지기 전

어둠이 내리는 동백정에 오르면
불타는 노을에 쫓겨 돌아오는 배들로 수런거리는 수평선
몰아치는 물결을 넘어서 무사히 배를 대는 포구도 붐빈다
하루해가 넘어가는 이때쯤이면
고향 집 뒤란 언덕 위에서
정신없이 놀고 있던 나를 불러대던 어머니
저녁 하늘이 들썩이도록 내 이름을 불렀다
그만 놀고 저녁을 먹어야 한다고
어두워지기 전에 돌아와야 한다고

돌아온 고깃배처럼
댓돌 위에 벗어놓은 하얀 고무신처럼
나란히 어깨를 맞대는 시간
먼 곳의 배들을 불러 모으는 등대처럼
나를 부르던 어머니의 목소리가
가라앉았다 떠오르곤 하는 마량리 포구
가만히 눈을 감으면 편안해지듯
점점 어두워진다는 것은 편안해지는 것이라고
붐비는 포구에서 나는 점점 가지런해진다

전등사 지붕 아래

전등사 도편수의 아픈 손가락 그 여자
지금도 눈웃음 여전하네
지붕의 무게쯤 감당할만하겠지
오래된 절집 지붕 너머 들국 흐드러지고
사람들 흘깃흘깃 수군대니 심심치도 않겠지

부처님 머리 위에 쪼그리고 앉아
훔쳐 듣는 법문이 사랑가 같으려나
그 여자 우는 것을 본 사람이 없다는데
나도 오늘은 한 말씀 보태네
쉿!
한쪽 팔을 내려 보세요
당신의 사내가 올린 지붕은 무너지지 않아요

주전자

시장통 밥집 문밖에
주전자 하나 나와 있다
불 먹고 찌그러져
구멍이 난 걸까

난로 위에 위풍당당 올라앉아
찌ー익 찍 증기기관차 소리를 내지르던 주전자
어느 간이역 대합실 톱밥 난로는 따스했지
수증기 어린 창밖 싸락눈 소리 듣고 있는지

따뜻하고 둥글고 넓적한 얼굴이 수명을 다해 버려졌다

건너편에 쪼그리고 앉아
버려진 주전자를 본다
어느 노인의 리어카에 실려 떠날 때까지
그냥 바라보았다

동짓달 햇볕에 몸을 말리는 시장통에 앉아

다시 불 속에서 꽃처럼 피어날 주전자를 기다리며
쓸모없는 것들의 쓸모 있음을 기다리며
질펀한 시장통을 돌아 옛 간이역 마당을 빠져나간다
반쯤 남은 동지 해가 난로 위 주전자처럼 걸려 있다

종이컵

쉽게 버려지는 것들에 관하여
한 줄 경전을 읽는다
구겨진 신문 책 편지 영수증 종이상자들
버려지는 것들이 다시 태어나기 위해서
누군가는 또 리어카를 끌어야 하고
무릎이 삐걱거리고 허리가 굽어갈 것이다

무수한 손가락들이 자판기 버튼을 꾹꾹 누른다
요술램프 속의 요정처럼 나타나는 따뜻한 그릇
나도 꾹 누른다
자판기의 피를 꺼내 내 몸에 수혈하듯
따뜻한 커피를 꺼내 마신다
따뜻한 그릇이 된
나무의 전생이 나를 덥힌다

죽어서 함께 살아가는 목숨에 경배하며
쉽게 버려지는 것들의 목소리를 듣는다
비워내고 채워지는 자판기 앞에서
뜨겁거나 차가운 목숨의 경전을 읽는다

3부
폭설

연꽃 만나기 전

둑방 아래 세상으로 귀를 열면
연잎에 내리는 빗방울 소리 낭랑한데

수면을 깨트리고 날아가는 새 한 마리
잠시 파문이 일다가 이내 제자리로 돌아간다

저수지에 빽빽이 모여선 연잎들은
두 손을 펼쳐 들고 떨어지는 말씀들을 모으는 중인데

연꽃 만나기 전 각자의 자리에서 저마다 받쳐 든 손바닥
넘치면 이내 비워버리면서도 다시 몸을 고쳐 앉는
둑방 아래 저 성전

진흙탕에 발 담그고 살더라도 주먹 쥐지 않겠다고
두 손 공손하게 받쳐 들고 손바닥 경전 읽는 수련

'개'에 관한 고찰

앞산 모퉁이를 지키는 수천의 꽃등
집으로 돌아가는 길 밝혀주는 참 등불인데요
언제 태어났는지도 모르고 저 혼자 자라나서
말없이 열매 보듬고 키우는 참 어미인데요
발그레한 얼굴 개복숭아 나무가 꽃을 피웠어요
저렇게 예쁜 꽃을 해마다 피워내는 나무에
사람들은 굳이 '개'자를 붙여 부르기에
왜냐고 물어도 누구도 대답해주지 않아
못나면 '개'를 붙이는 빌어먹을 세상이구나
어렴풋이 짐작했지만요
환하게 꽃필 때만 간간히 돌아보는 나무로 살아가요
나그네 바람이 힐끗힐끗 쳐다보고 지나가는 봄날
죽을힘을 다해 토실한 열매 키워 놓으면 제 것인 양
몰려와 거침없이 훑어가는 염치없는 손들
다른 개복숭아, 개살구, 개나리 이런 친구들도
못 살고 하나씩 이 변방을 떠나갔는데요
개라는 말이 발길에 차이고
제가 뿌린 말에 걸려 넘어지는 인간들은

내가 피운 꽃을 굳이 개복숭아꽃이라고 부르는
심사가 무엇일까요
그냥 복사꽃이라 불러줘요
죄 없는 '개'를 왜 사방으로 불러내요
까틀복숭이니 개복숭이니 무시당하지 않으려면
죽을힘을 다해 꽃을 피워야 해요
작은 산자락 아래를 환하게 밝히는 우리들
온 마을이 환한 천국이에요
양심이 털끝만큼도 없다 해도 꽃에는 '개'를 붙이지 못한다는데
개복숭아꽃라고 연일 놀려대더니 열매는 마구 훑어가요
그래도 꽃피워야 해요
우리들은 이 산자락을 지켜야 해요
세상 한컨 환하게 밝히는 꽃, 꽃들

여름의 끝에는

쓸데없는 봉숭아꽃은
어쩌자고 저렇게 흐드러졌나

뙤약볕 폭죽처럼 쏟아지는 한낮
온통 밭을 점령한 꽃, 그리고 꽃들

곳간은 다 비워놓고
꽃만 들여다보고 있는 저녁나절
목숨이 바쁜 매미 소리 요란스럽다

기다리지 않아도 올 것은 와서
만화방창 그득해지는 꽃밭
꽃은 피고 별은 돋고
이 골짜기에 뻗치던 여름도 한풀 꺾여
고개 숙이는 풀들이 늘어간다

톡톡 터지는 봉숭아 꽃씨
멀리멀리 흩어지거라

보송보송한 털주머니에서 방금
튀어나온 내 새끼들아

날개 없는 새를 읽는 저녁

패각 속에서 불쑥 내미는 새의 부리들
고무자배기 속에 작은 파도가 일렁인다

뻘에서 상륙한 갈매기들이
부리를 다듬고 있는 중이다

바다의 자궁에서 잉태된 새의 화신들
날지 못하는 새의 종족들이
날기를 기다린다
들숨 날숨 숨을 몰아쉬는 새조개들이
작은 물결 속에 가득하다

발길을 멈추고
뻘에서 빠져나온 저 부리들의
생을 읽는 저녁

진창의 뻘을 헤치고 나와
뭍에 상륙한 부리들

뒤엉킨 패각들 틈바구니에서
비좁은 물구멍으로 머리를 내밀고
생의 검은 뻘을 뿜어내고 있다

온통 진흙뻘인 세상을
더듬어 가며 이어온 목숨들 앞에서
나는 얼마나 참고 기다리며
부리를 다듬어 왔나
내 얼굴을 만져본다

포구에 저녁은 빠르게 밀려오고
날개 없는 새들의 아득한 몸짓들과
뱉어낼 것도 없는 내 한숨들이
앞 다투어 바다를 향한다

벚꽃

봄볕 자작자작 내리는 틈을 타
활짝 꽃망울 터트린 벚나무

만나자마자 떠나버린 당신처럼
쉬이 떠나 버릴 줄은 알지만

작은 바람에도 마음을 놓지 못하고
애태우며 서성이는 마당 가

사랑은 나뭇가지를 울리고
꽃잎 후루루 떨구는 황망한 봄날

한바탕 꿈으로 내 곁을 스쳐 간
봄날의 꽃바람 한 점

동백나무

동백정 동백나무는 오백 살이나 되셨다는데
붉은 동백꽃 송이 올해도 곱게 피웠다

아직 진눈깨비 사납고 손끝 시린데
동백꽃은 동박새를 깨우고
온몸에 노란 꽃가루 흠뻑 뒤집어쓰고
이 꽃 저 꽃 정신줄 놓은 동박새는
오백 살 동백나무 꽃피우는 사연을
짐작이나 하는지

한 오백 년 사는 일이
바람 부는 언덕에 맨발로 서서
붉디붉은 꽃송이 선연하게 피었다가
툭 떨어지고 마는 일이라는 걸

해마다 봄을 보내는 일은
오백 년이 되어도 서럽기만 하여
객혈처럼 낭자한 동백꽃 수북한
언덕을 오르고 또 오른다

하지를 지나며

뻐꾸기 울음 잦아든 계곡은
참새 떼들 주인이 되었다
수많은 새들 몰려와
출렁이는 유월의 숲

새끼를 기르느라
나뭇가지 사이를 쉼 없이 드나드는 새들
어미의 수고로움을 받아먹고
날개에 힘이 드는 새끼들

어린것들은 날기 연습에 여념이 없고
유월의 팔뚝에는 힘이 오르고

담장의 장미는 스러져 가는데
봉숭아 붉은 꽃잎
하나씩 하나씩 꽃을 피운다
새로운 물결 밀려오고
푸른 소리들 그득해지는 숲속

대문을 열고 푸른 아우성들 들어놓고
나는 물결처럼 출렁이는 여름 속을
맨발로 걸어간다

별꽃 세상 읽기

누가 별 항아리를 쏟아부었나
마른풀 걷어보니
작은 풀꽃들 무더기로 피어
담벼락 아래가 환하다
죽은 풀더미 속
엎드리고 기대어 일가를 이룬
꽃들의 모듬살이가 눈부시다

숨죽이고 엎드려
한겨울을 견디며 봄을 준비한 너희들
나지막한 담벼락 아래
풀꽃세상 이루었구나

흙담장 아래 작은 세상처럼
마른풀 어지러운 내 마음에도
봄은 오고 있을까

작은 별꽃을 쓰다듬으며

저린 발을 주무른다

무너져 가는 담벼락 아래서

내 발등에 쏟아지는

누추한 햇살을 줍는다

매화꽃 기다리며

매화나무 한 그루
뜰 안에 심었다
겨울 싸락눈이 다녀가서
철이 든 나무 곁에
봄바람이 기웃대더니
아직은 문을 닫아건
담장 밑에서 서둘러
꽃피우는 홍매화

매화꽃눈 톡톡 터지는데
뜰 안은 온통 꽃샘바람
흩날리는 눈발을
꽃잎으로 읽으며

꽃샘바람 속에서도
매화향기 뭉클뭉클 피워내니
기특하여라

매화나무 심던 날
신발에 묻은 흙을 툭툭 털어내고
매화꽃길 같은 네 길을 가겠다고
집을 떠난 아들아

꽃나무 아래에서 너를 생각한다

폭설

살금살금
발소리도 없이
그렇게

대문 밖을 환하게 밝히고

소나무 가끔 몸을 흔들어
솜털 같은 눈송이들
우수수 털어내고

세상이 점점 밝아지고
아침 하늘이 팽팽해졌다
나도 하루를 팽팽하게 펼쳐 든다

툭툭 신발을 털고
근심덩어리도 털어내고
폭폭한 시간들
묻어버릴 수 있어서 좋다

꽃송이 무더기로 안고 오신 당신

참새들 무더기로 몰려드는 앞마당

선인장꽃

따뜻한 나라로 떠난 유랑길
파도에 밀리고 밀려서 기착한 바위틈
한사코 빌붙어 살았네

여기는 바람 몰아치고
화산재 날리는 또 다른 사막
가시를 내세워 살아온 세월
비늘처럼 노란꽃 무더기로 피고
선홍색 피를 품은 너는
어느 유목민의 후손인가

빈손으로 돌밭을 일구어
해마다 콩 농사가 풍년인 마을이 있다 황무지에 뿌리내린
고려인 마을 있다
객혈처럼 피를 뱉어내는
선인장꽃 해마다 피는데
까레이스키 까레이스키*
밤마다 쑥국새 우는 마을이 있다

* 소련 붕괴 후의 구 소련 지역에 거주하는 한민족이나 그들의 자손들을 이르는 말.

상사화 피는 산

긴 대궁 끝에 붉은 깃발 매달고
들이닥친 꽃들의 반란으로
불갑산 골짜기에 불이 났다

수천 년 동안 없는 인연 찾아다니다
속이 다 타버리고 텅 빈 족속이 되었다고
긴 모가지 뽑아 들고 해마다
들이닥치는 점령군들

저 혼자 사랑하고
저 혼자 헤어진 것을

어긋난 인연을 어찌하라고
저리도 빽빽하게 밀고 올라오는가

염천의 더위에 발바닥이 달아올라
몸을 흔들어대는 붉은 꽃송이들
붉은 깃발만 흔들어대는
저 맨발의 대궁들

들깨꽃

재개발 낡은 담벼락 아래
들깨꽃 화분들 나란히 앉아 나를 본다
이렇게 아무 데나 던져져도 잘 산다고
비좁은 세상이 마음에 안 들어도
때가 되면 꽃을 피운다고

가난한 집안 살림 밑천이 돼야 해서
가발공장 직물공장 전전하며
봄이 와도 잎도 꽃도 피지 못한 채
아플 틈도 없이 살았는데 이제 허리 굽어
일어나지도 못하는 이모 얼굴

낯선 골목길에 쪼그리고 앉아 들깨 화분 들여다본다
벌집 같은 꼬투리 속
깨알같이 눈물 묻어 있던 주근깨 얼굴
그 곁에 앉아 울고 있는 들깨꽃
어쩌면, 내 얼굴

꽃난장

지천에 돋아나는 꽃송이들로
난장을 이룬 마을 어귀

진홍색 복사꽃 들여다보는 사람은 모두
지독한 향기와 강렬한 꽃술에 찔려
지레 쓰러져 죽는다는 복사밭의 전설이
대낮 천지에 그득하여

사방으로 번지는 꽃송이로 옮겨 다니느라
바람은 이리저리 정신이 없고

내 얼굴에 돋아나던 버짐에서도
꽃이 피는 이상한 봄날

꽃 속에 꽃을 품고 등을 켜든
복사꽃의 눈동자와 딱 마주쳤다

아픈 손 잡아 주는 눈 맞춤으로
눈이 짓무르고 귀가 녹는다

4부
황금분할의 공식

손

　팔순의 우리 엄마 자식 신세 지지 않겠다고 노인 일자리 구해서 돈 벌러 다니신다
　뽕나무 뿌리같이 구부러지고 뒤틀려진 손가락으로 고사리 같은 아이들 학교 끝나고 우르르 빠져나간 교실 책상도 닦아주고 흐트러진 의자도 바로 놓아주러 다니신다

　장다리꽃 같은 자식들 어느 벌판에서 바람에 흔들리다가
　엄마의 손이 늙어가는 줄도 몰랐다
　땅 위로 뿌리가 드러난 뒤에야 보이는 엄마의 손

　살점은 없고 심줄만 불거져 마른 나무껍질 벗겨지는 소리가 난다
　불거져 나온 손마디가 늙은 소의 무릎 같다
　마디마디 통증으로 밤새 뒤척이신다

　바람도 없는데 문풍지 우는 소리
　자는 척 눈감고 몰래 듣던
　늙은 엄마의 뼈마디 삭는 소리

황금분할의 공식

　면사무소 앞 양지다방 양 마담은 양지면 주민들 일을 모두 꿰뚫고 있다 매일 아침 10시면 출근하는 할아버지 곁에 바싹 앉아서 할아버지 오랜만에 오셨네요? 찻잔을 휘저으며 오늘은 할머니도 오시겠네요? 못 와. 왜? 싸우셨구나? 하늘나라에 갔어 양 마담의 입이 다물어진다 평생일군 논마지기 촌집 모두 팔아서 두 아들에게 똑같이 나눠주고 할머니는 서울로 할아버지는 읍내로 공평하게 나눴다 작은아들은 서울로 큰아들은 읍내 아파트로 가더니 두 아들이 싸웠단다 다 같은 자식인데 나만 부모님 모실 수 없다고 큰아들이 늙은이들도 황금분할 하였단다 며느리와 대면하기 불편하다며 매일 출근하시는 양지다방. 양지다방 단골손님이 되신 지 두어 해 할머니는 서울에, 할아버지는 읍내 아파트에 사시면서 매주 할머니가 서울에서 내려와 만나시던 주말부부 김 할아버지 수다쟁이 양 마담이 유일한 친구다 이제 무료승차권도 필요가 없으니 두 아들에게 나눠주고 숟가락도 이부자리도 공평하게 나눠줘야겠지 이제 나만 죽으면 돼 나만 죽으면 더 나눌 것이 없으니 세상도 공평해지고 나도 편

안해질 수 있겠지 식은 찻잔만 휘젓는 양 마담과 김 노
인의 마른 목소리가 양지다방 시멘트 바닥에 가랑잎처
럼 굴러다니고 조각조각 나눠진 노인의 생이 대추 부스
러기처럼 찻잔 속에서 이리저리 몰리고 있다

　홀로 사시는 내 어머니도 마을회관 단골이라는데
　날마다 유모차 밀고 출근하신다던데
　마담도 없는 그 다방에는
　할머니들끼리 모여서 자식 자랑만 하고 있다던데

아리랑 밥집

만리동 고갯마루 올라가는 길
하루하루 날일을 하는 사람들이
잠도 자고 밥도 먹는 아리랑 밥집
그곳에서 물 묻은 바가지에 붙은 참깨같이
달라붙어 살아가는 사람들
밥집 위에 만들어 놓은 다락방에
몸 하나 누울 자리만 있으면 비비적거리며 들어가
쉬기도 하고 새벽일을 나가기도 하는
아리랑 아리랑 아리랑 밥집

어둠이 빠르게 돌아오는 저녁이면
흙먼지 뒤집어쓰고 눈빛만 반짝이는 사내들이
하나씩 둘씩 제 둥지인 양 찾아든다
사내들은 일당으로 받아온 젖고 찢어진
돈을 고봉밥과 바꾸어 먹고
위층 다락으로 올라가 몸을 누인다
별도 오고 달도 다녀가는 다락방
가끔은 눈발이 발자국을 남기기도 하는

다락방에서 무채색 꿈을 꾸는 하루살이들
꿈속에서 눈동자 까만 아이와도
결이 보드라운 아내와도
만날 수 있는 따스한 다락방
별과 달과 눈송이들과 한 이불을 덮고
무채색의 꿈을 꾸는 사내들

하루살이들의 엄마였던 엉덩이 푸짐한 주인아주머니
아버지를 찾아온 내 앞에 쌀밥 한 그릇 푸지게 놓아준다
무작정 서울로 올라와 날품팔이하던 아버지
하루살이 속에 끼어
이름도 얼굴도 다 지워진 아버지와 밥을 먹는다

하루살이들,
젖은 날개 파닥이며 붙어살던 아리랑 밥집
지금도 아리랑 아리랑 아리랑 고개
그 고개에서 밥을 퍼주고 있을까

즐거운 노년

할아버지는 눈이 마주치는
모든 것들과 이야기를 하신다
무슨 말이라도 하고 싶은 간절한 눈빛
언제나 똑같은 이야기
오늘도 젊은 시절 다녀오신
불국사 이야기만 수십 번 하신다

누구와 눈 한번 맞추기 위해
문을 활짝 열어 놓으시고
찾아오는 모든 사람에게
간절한 눈길을 보내며
풀어놓는 이야기보따리
눈이 마주치면
기적처럼 되살아나는 경주 불국사
할아버지의 쭈글쭈글하던 하루가
다시 팽팽하게 잘 마른빨래 처럼 펄럭이고
아이처럼 얼굴이 붉어지시는 할아버지
실에 꿴 구슬처럼 다보탑도

석가탑도 줄줄이 달려 나오고

튀는 물방울 같은 오늘
담장 너머로 구름은 날아가는데
온종일 집안에만 맴도는 말들

할아버지는 모처럼 신명이 나시고
나는 도망갈 궁리만 하고

아버지의 등

간밤에 무서리 내려
푸성귀들 폭삭 주저앉고

뜨거웠던 여름이 떠난 처마 밑
비쩍 마른 시래기가 지키고 있다

어디로 가자고 바람은 온종일
스산한 내 마음을 흔들어대나

무릎이 무너지고
길이 지워지고

감나무 가지에 앉아 있던 새 한 마리
이쪽 가지에서 저쪽 가지로 옮겨 앉으면

남아 있던 잎새가 후루루 떨어지고
물기를 마저 말리려는 억새들이 몸을 흔드는데

한 줌 햇볕에 온몸을 말리시는 아버지
마루 끝에서 자반 뒤집기 중이시다

처마 끝에서 바스락거리며 말라가는
늙은 아버지의 저 쓸쓸한 등허리

우산 아래

후드득 비가 내리고
이윽고 빗줄기 굵어지는 한밤중
내 집 마당으로 뛰어드는 놈이 있다

다급한 목소리로
놀라 뛰어드는 그놈

비만 오면 빗물받이 홈통 속으로
급히 뛰어드는 늙은 두꺼비 한 마리
울음통이 찢어지게 울면서 소나기를 피하고
슬그머니 사라지는 그놈

어디 그놈뿐이랴
아무 일도 일어나지 않을 것 같은
이 골짜기에도 소나기 쏟아지면
다급한 목숨이 바삐 뛰어들어
놀란 가슴 쓸어내리는 내 집

제 몫의 목숨을 살다 가는 일이 매일매일
눈 부릅뜨고 살아야 살아남는다고

산허리 한쪽에 한 점으로 자리 잡은
우산 같은 내 집에서
비를 피하고 밥을 먹고 밤을 지새운다

감나무 곁에서

서리 오기 전에 서둘러 따온 애기고추에 찹쌀풀을 묻혀 말린다
정갈한 가을 햇살 골고루 드시라고 되작되작 말린다
윗집 경자네 농사 흉내 내다 분꽃 씨앗 같은 내 얼굴
손톱이 다 닳았다
거둔 것들은 덜 익고 흠집 나고 일그러지고
보드라운 햇살에 나앉은 것들 앞에서 나는
나의 최선이 닿지 못한 까닭을 물을 곳이 없다
못난 것들 중에서 고르고 골라 들려주던 어머니의 푸성귀를
툇마루에 던지고 도망치듯 대문을 나서던 나를 꼭 닮은
미루나무처럼 키 큰 내 아이
그 손에 들려 보내겠다고
이제 막 붉어지는 감나무 이파리도 하나 덮어서
애기고추 말린다
마당 귀퉁이에서 다시 이슬에 젖으려나
하늘이 저렇게 맑으신 날이니
오늘은 물기를 덜어내기에 적당하다

연날리기

　모퉁이에 접어둔 얇은 시간을 펼쳐놓고 날카로운 칼끝
으로 스윽 잘라내 풀칠을 하고 날개를 달았다 느티나무
가지 끝으로 불어가는 바람을 따라 높이 날았다
　드넓은 허공으로 몸을 던졌다

　느티나무는 품속으로 바람을 껴안았다
　가지들을 구부려 놓았다
　너를 붙잡고 아직 가지 못한 길을 붙잡고
　나도 몸을 구부린다

제 안에서 이는 바람으로도 제 몸이 흔들리는 듯
　허공을 향해 몸을 떠는 나뭇잎
　가지 끝을 떠나 높이 날수록 내 몸은 더 크게 흔들렸다
　긴 꼬리로 허공을 휘저어야 했다
　풀린 길이 길게 휘어졌다
　낯선 강가 미루나무 끝에 걸려서
　흔들리는 몸을 가누고 있다

낯선 가지 끝에서 한없이 외로운 저 사람

유월, 비

허리가 부러지면 허리에서도
새 뿌리가 난다는 어린것들 데리고
들깨 모종하러 가는 길가
풀꽃들 고개 쳐들고 까르르 웃는다

풀뿌리마다 생기 돋는 유월
모래투성이의 목숨이
유월의 달콤한 비를 마시고
목숨을 이어간다

가지런한 밭고랑에서
나를 돌아보는 토란잎새
흠뻑 젖은 얼굴로 나를 반긴다

유월이 키운 자식들 옹기종기
아무 데나 꽂아 놓아도
저 혼자 자라나는 것들

들판에서 자라는 것들의 향기가
깊은 까닭을 비로소 알겠다

유관순 초혼묘 곁에서

다시 삼월 목련꽃 피는데
열여덟 어린 꽃봉오리 툭 떨어질 때
그리하여 잔인한 봄볕에 말라갈 때
우리 모두는 허둥지둥
돌아보지도 못했다
열여덟의 꽃봉오리를
속절없이 잃어버리고
고향 뒷동산 봉화터 아래에
뻐꾹새 소리만 묻어놓고
그 앞에서 절을 하는 사람들
허공에 절을 하며
눈물 흘려야 하는 기막힌 봄날
가슴 여기저기 구멍이 뚫리고
목련꽃은 금세 꽃잎을 떨군다

누이를 잃고 100년
무릎이 해지도록
맨땅에 절만 하며 100년

삼월의 하늘 핏발 선 눈이 부어 있는데
이 땅에는 여전히 목련꽃 피고 지고

그날

그날 밤 봉화가 올랐다
모두의 심장에 묻어둔
불씨에 불을 붙였다
모두 함께 일어나자고
마을과 장터에 격문이 붙고
독립선언서가 전해지고

대한독립 만세
대한독립 만세

아우내 장터를 뒤흔든 함성
마을 공터에서 이웃 마을에서
학생 광부 농민 노동자
사람들은 태극기를 흔들었고
폭풍처럼 몰아치는 만세 소리

대 · 한 · 독 · 립 · 만 · 세

두 손 번쩍 들고 나아가는 사람들
앞을 총칼이 막아서고 짓밟았다
함성과 눈물의 소용돌이 속
장터의 불길은 기름을 부은 듯
더욱 거세게 타올랐다
무자비한 발길에 밟히고 뭉개진 풀들
일어서고 또 일어섰다

아우내
장이 열리고
장꾼들이 모여드는 장터에
넘치던 만세소리

그날의 불씨는 살아서 지금도
우리들의 심장을 덥히고 있다

이명耳鳴

파도를 타고 춤을 추는 소리라고 느낄 땐
그래도 꽤 가까운 친구인가 하다가도
끊임없이 바람소리를 내며 시끄럽게 군다고 느낄 때면
너를 당장 문밖으로 내몰고 맨발로 도망가고 싶다
파도의 꼭짓점에서 뛰어내리고 싶다
바람 한 점 없는데 내게만 들리는 바람 소리
한밤중 물 흐르는 소리
어느 날부터 슬그머니 다가와
내 품속으로 파고든 바람소리 물소리
낯선 손님인데 내칠 수 없다
무작정 밀고 들어온 낯선 손님이
성가시다는 건 일찌감치 알았지만
내치지 못하고 친구인 척 함께 견뎌보기로 한다
웬수같은 친구에게 시달리면서도
또 다른 물소리 바람 소리 그리웠나
위례산 골짜기 울리는 바람 소리
예까지 따라와 잠을 재우지 않는다

고속도로

누구도 벗어날 수 없다
앞으로만 간다

줄지어 갈 수 밖에 없다
돌아올 수 없는 길

대열에서 이탈하면 죽음이다
되돌릴 수 없다

등 떠미는 바람 기름 냄새 역하다
등 떠밀려 쫓기며 어디로 가나

끝이 있다는 걸 믿어야 한다
다시 돌아오는 사람들이
웃기도 한다는 걸 믿어야 한다

망향의 동산

뒷동산에 생겨난 마을 하나
노을만 노닐다 가던 뒷동산에
고향 잃고 떠돌던 혼백들
하나둘 찾아들어 이룬 마을

허리 꺾어진 국토의 한 귀퉁이에 모여서
여기가 고향이라고
그만 쉬자고

미국에서 사할린에서 일본 땅에서
손바닥 발바닥 자꾸만 쑤셔대던
고향의 냄새 때문에

명치끝에 매달고 살면서도
까마득 잊었던 그 말 내 고향
고향의 이름을 다시 불러보는데

구름을 핑계로 산을 넘은 지 오래

낯선 동네 작은 동산에서
해진 신발을 가지런히 모아놓고

씀바귀 같던 시간을 이제 그만 지우자고
머리카락 헝클어진 영혼들이 두런대는
망향의 동산

생명을 대하는 겸손한 태도

김정수 시인

자아와 타아, 혹은 자아와 세계의 만남으로 탄생하는 서정
시의 중심에는 생명에 대한 연민과 자기애가 자리 잡고 있다.
타아나 세계는 인간의 삶뿐 아니라 생명이 있는 모든 것을 그
영역으로 삼고 있다. 이때 시는 자아를 아우르는 주변 환경과
관계의 설정, 현실자각 등을 거쳐 하나의 세계관을 완성해간
다. 일차적으로 사물에 대한 관찰로 이루어지는 일련의 과정
은 과거를 되돌아보는 회상과 냉혹한 현실인식, 내밀한 내적
성찰을 거친다. 과거 응시와 반추가 치열할수록, 현실의 자아
와 투명하고도 진정성 있게 만날수록 구축하고자 하는 시 세
계는 공감의 파장을 확장시킨다. 반면에 자기애나 자기고백,
가족사의 대면에 그칠 때 시는 자기과시나 가슴에 훈장 하나
다는 것과 다르지 않다. 시를 더 시답게 만드는 것은 이 땅에
살아 숨 쉬는 것들에 대한 연민과 사랑이다. 여기서 말하는 연
민은 다른 사람의 처지를 불쌍히 여기는 마음만이 아닌 남을

위한 선한 행동이 유발하는 인간애와 생명존중이라는 의미에서 동정과는 구별된다.

　2006년《시로여는세상》으로 등단한 이순옥 시인의 두 번째 시집 『어쩌면, 내 얼굴』은 복잡다단한 삶의 형태와 관계, 여러 의미망을 자연지향적인 측면에서 표현하고 있다. 사람과 사물을 대하는 태도는 진지하고, 감정에 치우치지 않는 중용의 자세를 견지한다. 이순옥 시의 생명사랑 내지 생명존중은 단순히 관념이나 형식이 아닌 몸에 밴 천성에 가깝다. 선한 성정에서 자발적으로 우러난다. 가령 내 삶도 복잡한데 "신이 내렸다"(「전조 증상」)며 찾아온 여자를 내치지 못하고 끝까지 사연을 들어준다거나 "내 몸에 수혈을 하듯"(「종이컵」) 꺼내 마시는 커피자판기, "봄날 아파트 한 모퉁이/ 재활용 쓰레기장"(「고양이가 있는 풍경」)에서 해바라기하는 노인들, "일용할 양식을 구하느라/ 부리가 닳았"(「낭새섬」)을 것 같은 어미새 등을 그냥 지나치지 못하는 것은 가식이 아닌 몸에서 우러나오는 자연스러운 행동이다.

　　시장통 밥집 문밖에
　　주전자 하나 나와 있다
　　불 먹고 찌그러져
　　구멍이 난 걸까

　　난로 위에 위풍당당 올라앉아

찌─익 찍 증기기관차 소리를 내지르던 주전자
어느 간이역 대합실 톱밥 난로는 따스했지
수증기 어린 창밖 싸락눈 소리 듣고 있는지

따뜻하고 둥글고 넙적한 얼굴이 수명을 다해 버려졌다

건너편에 쪼그리고 앉아
버려진 주전자를 본다
어느 노인의 리어카에 실려 떠날 때까지
그냥 바라보았다

동짓달 햇볕에 몸을 말리는 시장통에 앉아
다시 불 속에서 꽃처럼 피어날 주전자를 기다리며
쓸모없는 것들의 쓸모 있음을 기다리며
질펀한 시장통을 돌아 옛 간이역 마당을 빠져나간다
반쯤 남은 동지 해가 난로 위 주전자처럼 걸려 있다
                                        ─「주전자」 전문

쉽게 버려지는 것들에 관하여
한 줄 경전을 읽는다
구겨진 신문 책 편지 영수증 종이상자들
버려지는 것들이 다시 태어나기 위해서
누군가는 또 리어카를 끌어야 하고

무릎이 삐걱거리고 허리가 굽어갈 것이다

무수한 손가락들이 자판기 버튼을 꾹꾹 누른다
요술램프 속의 요정처럼 나타나는 따뜻한 그릇
나도 꾹 누른다
자판기의 피를 꺼내 내 몸에 수혈을 하듯
따뜻한 커피를 꺼내 마신다
따뜻한 그릇이 된
나무의 전생이 나를 덥힌다

죽어서 함께 살아가는 목숨에 경배를 하며
쉽게 버려지는 것들의 목소리를 듣는다
비워내고 채워지는 자판기 앞에서
뜨겁거나 차가운 목숨의 경전을 읽는다

—「종이컵」 전문

시인은 사물을 대할 때도 가시적으로 접근하지 않는다. 그 사물의 속성과 특질을 주시하고 거기에 "자존과 생명"(「가시연꽃」)을 불어넣는다. 용도가 다한 사물이나 "쉽게 버려지는 것들"에게서 "한 줄 경전 읽"어내는 혜안도 지니고 있다. 시인의 눈은 온전한 것보다 "찌그러저/ 구멍"이 나거나 "쉽게 버려지는 것들"에 머물고, 이는 금방 자신의 처지와 우리 주변의 소외된 노인들의 모습을 주시하는 것으로 진화한다. 진

화의 뒷전으로 밀려나 있는 주전자의 쓰임은 마당을 닮았다. 우리 전통 가옥에서 마당은 관혼상제冠婚喪祭와 놀이가 이루어지던 공간이었다. 평소에는 비어 있는 듯하지만 햇빛을 받아들이는 에너지가 넘치는 공간이다. 비어 있으면서도 충만한, 한적하면서도 집안의 대소사가 이루어지는 시끌벅적한 곳이 마당이다. 하지만 세월이 변함에 따라 마당은 쇄락했다. 주전자도 평소엔 비어 있지만 음료를 담아내는 소중한 용기다. 하지만 용기의 다양화와 간편식에 밀려 그 용도 또한 세월의 뒷길로 밀려나 있다. "비워내고 채워지는 자판기"나 그 자판기 앞에서 종이컵에 커피를 마시는 시인도 마당의 운명을 닮았다. "시장통 밥집 문밖에" 내처진 주전자와 이를 리어카에 싣고 가는 노인, 이 모습을 "건너편에 쪼그리고 앉아" 바라보는 시인은 모두 같은 선상에 놓여 있다. 하지만 이 모든 풍경은 고정된 시인의 눈을 통해 느리게 움직인다. 마치 영화의 한 장면처럼 앵글이 주전자의 위치를 추적한다. 영화는 거기서 끝나지 않고 대장간의 "불 속에서 꽃처럼 피어날 주전자"와 "옛 간이역 마당을 빠져나"가는 시인의 뒷모습과 마당에 "반쯤 남은 동지 해"를 보여준다. 시장통 밥집 앞 주전자=건너편에 쪼그려 앉은 시인, 노인의 리어카에 실려 가는 주전자=옛 간이역 마당을 빠져나가는 시인과 같이 처음부터 끝까지 주전자와 자신을 동일시한다. 마찬가지로 꽃처럼 피어날 주전자나 "구겨진 신문 책 편지 영수증 종이상자들"은 "수명을 다해 버려"진 자신의 삶도 다시 활짝 피어났으면 하는 간절한 염원이

담겨 있다. 분신과도 같은 자판기에서 "수혈을 하듯/ 따뜻한 커피를 꺼내 마"시는 행위는 아이러니하지만 내 몸에서 나와 종이컵에 담겼다가 다시 몸속으로 들어간다는 점에서 혈액투석을 연상시킨다. 하지만 시인의 의식은 현재의 상황이 아닌 "나무의 전생"이나 "목숨의 경전"이라는 존재론적인 세계관에 닿아 있다.

불안정한 짐 위에
불안정하게 내가 얹혀간다
너덜너덜한 아스팔트 위로
함께 실려간다

— 「눈발은 뛰어들고」 부분

아직은 풀어야 할
근심덩어리 가득한 집안
텅 빈 방에 헛것이 그득하고
바람 소리 창문을 두드린다

— 「전조 증상」 부분

12층 베란다 위에서 내려다본다
위로 위로 솟구치는 빌딩들
나도 위로 위로 올라와 산다
밥 먹고 잠자고 가끔 창밖 아래 세상을 본다

이만하면 괜찮다 싶다가도 이내 불안하다

—「불빛은 깨어 있고」 부분

첫 시집 『바람꽃 언덕』(2011) 이후 8년 만에 펴낸 이번 시집에서 불안과 상처, 근심이라는 서정의 질감을 어렵지 않게 감지할 수 있다. 시인의 영혼은 한곳에 정착하지 못하고 부평초처럼 떠돈다. 시인은 존재의 안과 바깥에서 "내가 신에게 발목을 잡힌 것은 아닐까"(「전조증상」), "선홍색 피를 품은 너는/ 어느 유목민의 후손일까"(「선인장꽃」), "내가 죽어 저 아래 가라앉아서/ 한 일억 년 엎드려 있으면/ 저토록 깊어질 수 있을까"(「엎드려 흐르는 물」), "마른 풀 어지러운 내 마음에도/ 봄은 오고 있을까"(「별꽃 세상을 읽는다」)와 같은 실존적인 질문을 던진다. 이러한 질문은 쉽게 답할 수 없는 성질의 것이 아니므로 불안은 가중될 수밖에 없다. 한 번 태어나면 되돌릴 수 없는 삶인지라, "대열에서 이탈하면 죽음"(「고속도로」) 뿐인지라 시인의 불안의식은 단절이 아닌 연속적인 속성을 가지고 있다. 이것이 아파트 주거와 같은 도시문명의 폐해라면 전원으로의 이주로 해결될 수 있겠지만 현재진행형인 불안의 근원에는 "아직 풀어야 할/ 근심덩어리 가득한 집안"의 문제가 똬리를 틀고 있다. 또 단순히 시인 자신의 문제라면 "먹을수록 허기지는 도시"(「그늘을 찾아서」)를 떠나 "푸른 소리들 그득해지는 숲속"(「하지를 지나며」)이나 "풀꽃들 고개 쳐들고 까르르 웃는"(「유월, 비」) 길을 산책하면 된다. 하지만 집안, 즉 가족의 문제는 혼자 해결할 수 없다는 점에서 불안의 언덕을 넘어 실존의 절벽에 홀로 서 있을 수밖에 없다.

머리의 한쪽으로만 피가 도는 아버지
내 마음도 한쪽으로만 피가 흐른다

아버지, 왜 여기 계세요 너무 추워요
　　　　　　　　　　　—「주목나무 곁으로 간다」부분

한 줌 햇볕에 온몸을 말리시는 아버지
마루 끝에서 자반뒤집기 중이시다

처마 끝에서 바스락거리며 말라가는
늙은 아버지의 저 쓸쓸한 등허리
　　　　　　　　　　　　　　—「아버지의 등」부분

팔순의 우리 엄마 자식 신세 지지 않겠다고 노인 일자리 구해서 돈 벌러 다니신다
뽕나무 뿌리같이 구부러지고 뒤틀려진 손가락으로 고사리 같은 아이들 학교 끝나고 우 르르 빠져나간 교실 책상도 닦아주고 흐트러진 의자도 바로 놓아주러 다니신다
　　　　　　　　　　　　　　　　　—「손」부분

홀로 사시는 내 어머니도 마을회관 단골이라는데

날마다 유모차 밀고 출근하신다던데

— 「황금분할의 공식」 부분

서정시가 소환하는 과거의 경험은 운명적으로 가난과 슬픔을 동반한다. 세월 속에 녹아 있는 시인의 슬픔에서는 우울이나 절망보다는 부드럽고 물렁물렁한 연민의 통증이 만져진다. 인간의 가장 깊은 곳에서 흘러나오는 서정과 시인의 선한 성정이 맞물려 슬픔은 극대화되지만 여간해선 감정에 휩싸일 틈을 주지 않는다. 그래도 가난의 숨결이 배어나오는 기억의 통증 그 너머에서 축축한 슬픔이 만져지는 건 어쩔 수 없다. 특히 "열다섯 어린 나이부터"(「풀섶을 돌아보다」) 결혼을 하고도 처자식과 헤어져 "무작정 서울로 올라와 날품팔이하던 아버지"(「아리랑 밥집」), 이제는 늙고 병들어 "머리의 한쪽으로만 피"가 돌고, "한 줌 햇볕에 온몸을 말리"는 모습을 대할 때마다 슬픔의 감정선은 한없이 출렁인다. 팔순의 어머니도 "날마다 유모차 밀고" 마을회관으로 출근을 하고, "자식 신세 지지 않겠다"며 집 근처 초등학교에서 "교실 책상도 닦아주고 흐트러진 의자도 바로 놓"는 일을 한다. 선대로부터 물려받은 가난을 자식에게 대물림하지 않으려는 부모의 마음과 이를 지켜보는 자식의 심경이 겹쳐 있다. 태백산 정상에 서 있는 주목나무에서 아픈 아버지를 떠올리고(「주목나무 곁으로 간다」), 우포늪 고요한 물을 들여다보면서 "콩나물을 기르"던 어머니를 생각(이하 「우포 어머니」)함은 경건하기보다는 진한 연민이 묻어난다. 태백산 정상이나 우포늪 맑은 물에서 절대고독이나 자아성찰을 하기보다 부모를 먼저 떠올리고 이를 시로 형상화하는 것은 시인의 선한 성정과 "딛고 있는 땅이 늪"이라 해도 피해갈 수 없는, 피해갈 수도 없는 현실이기 때문이다. "진지하고 엄숙하게 살"(이하 「참새 곳간」)고 싶지만 삶은 "늘 미봉책"에 그치고 만다.

　김이 빠지기 시작한 지는 오래전부터다
　설익은 밥알들이 쭈뼛쭈뼛 일어선다
　푹푹 김을 뿜어 올리며 달리던 석탄 기차가
　빼에엑 소리를 지르며
　산모롱이를 돌아서 달아나버렸다
　머리 위로 터져 오르던 화통이 시들해져
　입으로 옆구리로 뜨끈한 김을 흘리고 만다

　부글부글 끓어오를수록
　설익은 속살이 터진다
　벽 앞에 선 것처럼 시야가 아득한 날
　부글부글 끓는 마음에 뜸을 들인다
　허리춤을 추켜올리며
　늘어진 그림자를 주워들고 집을 나선다
　〉

서비스센터에 수리를 맡겼다

압력밥솥의 오래된 패킹을 갈아 끼우며

속 터지는 일

김빠지는 일에

뜸을 들이며 기다리고 있다

―「부부」 전문

혈연으로 맺어진 관계인 부모와 달리 피 한 방울 섞이지 않은 '생판 남'인 부부는 삶의 삐걱거림에서 감정의 진폭이 더 심할 수밖에 없다. 살다 보면 철길처럼 평행선을 달리기도 하고, 어름사니처럼 외줄을 타기도 하고, "댓돌 위에 벗어놓은 하얀 고무신처럼"(「어두워지기 전에」) 사이가 좋을 때도 있다. 하지만 아무리 금슬이 좋아도 한결같지 않은 것이 부부 사이다. 때로는 하루에도 몇 번씩 감정이 변하기도 하고, 때로는 서로를 말조차 섞지 않고 외면할 때가 있다. 오래된 부부일수록 서로 닮아간다지만 모든 부부가 그러한 것도 아닐 것이다. 쌀밥 같은 이팝꽃이 필 때면 "눈으로만 배불러/ 더 서러웠던"(「번영로에 간다」) 시절을 몸소 겪은 시인은 밥을 만드는 도구인 '압력밥솥'을 통해 부부의 현재 모습을 떠올린다. 오래 사용한 압력밥솥, 즉 오래된 부부관계는 「낡은」이나 「늙은」이라는 말을 저절로 연상시킨다. '늙다'가 생물의 나이가 많이 든 것이라면 '낡다'는 오래되어 헐고 허름한 것이다. '늙다'는 죽음이라는 유한에 가까워지는 것이지만 '낡다'는 용도폐

기와 스러져 자연으로 돌아감을 의미한다. '낡다'는 단순히 무생물의 시간 개념만이 아니라 무릎 연골처럼 생물의 한 부분으로 존재하면서 몸과 같이 늙어가기도 한다. 또한 '낡다'에는 생각이나 제도, 문물 등이 시대에 뒤떨어져 새롭지 못한 관행을 내포하고 있다.

시 「부부」는 오래 사용한 압력밥솥을 통해 부부의 삶을 빼어난 솜씨로 형상화하고 있다. 오래전에 부부사이는 "김이 빠지기 시작"했다. 윤기 자르르 흘러야 할 밥은 설익고, 관계는 서걱거린다. 화를 삭이지 못해 "푹푹 김을 뿜어 올리"던 남편은 '화통'처럼 "빼에엑 소리를 지르"고는 휑하니 밖으로 나가버린다. 부부싸움이 칼로 물 베기라지만 걸핏하면 소리를 지르고 밖으로 나가 들어오지 않으면, "벽 앞에 선 것처럼" 대화가 되지 않는다면 관계는 결국 평행선을 그을 수밖에 없다. 맛난 밥을 짓기 위한 여러 조건이 있다. 솥과 쌀 등 솥 안의 내용물에 따른 물 맞추기와 불의 세기 조절, 그리고 뜸을 잘 들여야 한다. 압력밥솥은 저절로 뜸이 들지만 다른 밥솥, 특히 가마솥 밥은 불을 조절(빼내면서)하면서, 끓어 넘칠 때마다 살짝 뚜껑을 열면서 뜸을 들여야 한다. 뜸은 곧 정성이다. 부부도 뜸을 들여야 좋은 관계를 지속적으로 유지할 수 있다. "부글부글 끓는 마음에 뜸을 들"이는 것은 관계를 회복하기 위한 정성이다. "늘어진 그림자"는 단순히 저녁이 아니라 가정의 평화를 위해 오래 인내해야 했던 세월이면서 누군가의 그림자로 살면서 뭉개진 자존심의 함축적 표현이다. 서비스센터에서 고장

난 압력밥솥의 "오래된 패킹을 갈아끼"우는 것은 관계의 회복이라 할 수 있다. "뜸을 들이"는 동안 과거를 반추하고, 관계를 돌아보고, 더불어 한(恨)을 내적으로 승화시키고 있는 것이다.

> 내가 죽어 저 아래 가라앉아서
> 한 일억 년 엎드려 있으면
> 저토록 깊어질 수 있을까
> 그리하여 다시 태어난다면
> 물속에 발을 담그고도
> 골백번 피고 지는 자그마한 가시연꽃이나
> 시도 때도 없이 노래하는 물총새 한 마리
> 저들처럼 살 수 있다면
> 나 다시 태어나기 위해
> 한 일억 년쯤 고요히 엎드려 있겠네
>
> ―「엎드려 흐르는 물」부분

> 저것이 연꽃이라니
> 가시보다 무서운 창이 가슴을 뚫고 나오는
> 저 치명적인 목숨에 누가 연이라 이름 붙였을까
>
> 늪 속에 잠겨
> 끓어오르는 심사를 삭여왔나

졸이고 졸여 핏빛으로 피었구나

세상살이
조용히 엎드려야 한다지만
들끓는 오뉴월의 뙤약볕 견디지 못하고
불쑥 꺼내든 저 뜨거운 꽃송이

깊이를 알 수 없는 늪에
가시 송송 매달고 솟아오른
선연한 얼굴

제 가슴을 찢고 꽃을 꺼내드는
무성한 자존과 생명
늪을 뒤덮었다

— 「가시연꽃」 전문

　이순옥의 시에서 꽃은 미적 관상용이거나 자기위안의 대상
이라기보다 자아의 또 다른 모습으로 비춰진다. 이는 「시인의
말」에서 확인할 수 있듯이, "일으켜 세우고 일으켜 세워도 주
저앉"을 만큼 "작고 못생"긴 꽃들을 자신의 처지나 상황에 대
비시키고 있는 것이다. 시인은 어디에도 마음을 두지 못할 때
마다 스스로 꽃이 되어 위의威儀와 자존을 지키려 노력한다.
점점 위축되고 왜소해지는 삶을 더 이상 "부끄러워하지 않"

게 받아들일 수 있었던 것은 "많은 일들"이 있을 때마다 "길가에 엎드린 작은 목숨들의 숨소리"에 귀를 기울였기 때문이다. 몸과 마음이 힘들 때면 자신만의 꽃밭을 찾아 꽃들과 대화하며 위안을 받았던 것이다. 꽃을 좋아하는 시인은 도시 아파트에 살 때에도 "수반 위"(「눈발은 뛰어들고」)에 꽃을 키우고, "재개발 낡은 담벼락 아래"(「들깨꽃」) 놓인 들깨꽃 화분을 들여다보고, "물속에 발을 담그고도/ 골백번 피고 지는 자그마한 가시연꽃"(「엎드려 흐르는 물」)을 보고, 자유로를 달리던 차안에서 코스모스(「자유로에서 자유를 생각하다」)를 본다. "아무 데나 꽂아 놓아도/ 저 혼자 자라나는"(「유월, 비」) 풀꽃들에서는 삶의 통찰을, "활짝 꽃망울 터트"(「벚꽃」)렸다가 금방 지고 마는 벚꽃을 통해서는 사랑의 가벼움과 인생의 덧없음을 깨닫는다. "하늘과 땅의 중간/ 이승과 저승의 중간"(「아파트」)쯤의 아파트를 떠나 전원에 마련한 꽃밭은 지친 삶을 치유하고, 다시 "자존과 생명"을 회복할 수 있는 '터'라 할 수 있다. 그런 터전은 꽃밭 말고 늪이 있다. 시 「우포 어머니」에서 "딛고 있는 땅을 늪", "발 빼지 못하는 진흙탕"과 같다고 했는데, "고요한 물빛이 된 어머니"가 "가슴으로 어린것을 기르는" 걸 보곤 늪이 더럽고 지저분한 곳이 아닌 자연과 마음을 정화시켜주는 곳임을 깨닫는다.

시 「가시연꽃」은 (아마도 우포)늪에 핀 가시연꽃에서 가시와 연꽃을 분리한다. 에쁘고 부드러운 연蓮에서 날카로운 가시가 솟아 있는 풍경은 낯설기만 하다. 진흙에서 자라지만 더러

움에 물들지 않는 꽃의 고고함과 물에 젖지 않는 잎의 신비로움은 부조화의 조화를 보여준다. 시인은 그 순간 오래 같이 살면서도 서로 어울리지 않는 부부를 떠올린다. 고요한 수면에 핀 연꽃은 순식간에 "가시보다 무서운 창이 가슴을 뚫고 나오는", 목숨이 끊어질 것 같은 "치명적인" 장면으로 전환된다. 모습을 드러나기 전까지 "늪 속에 잠겨/ 끓어오르는 심사를 삭여왔"을 세월과 고통이 '가시'라는 말에 응축되어 있다. 연꽃은 생명의 탄생과 생식의 번영 그리고 초탈을 상징한다. 하지만 가시가 돋은 긴 줄기 끝에 착생한 가시연꽃은 "들끓는 오뉴월의 뙤약볕을 견디지 못하고/ 불쑥" 핀 참을성 없는 꽃이다. "깊이를 알 수 없는 늪"을 응시하는 동안 시인의 얼굴에는 본래의 온화한 미소가 돌아온다. 아무리 가시가 돋아나 있어도 연꽃은 연꽃이고, 꽃 "한 송이 한 송이"가 살면서 만난 사람들의 얼굴인 것이다. "무성한 자존과 생명"이 늪을 뒤덮을 수 있는 것은 생명에 대한 연민과 이타적인 심성에 기인한다. 늪이라는 자연에 들어 마음의 평정을 얻은 시인에게는 신발에 묻은 진흙을 툭툭 털고 "근심덩어리도 털어내고"(「폭설」) "제 몸으로 길을 만들어"(「몸으로 길을 만든다」) 가는 일만 남았다. 눈 맑은 시인은 오늘도 "세상으로 귀를 열"(이하 「연꽃 만나기 전」)고 "연잎에 내리는 빗방울 소리"를 듣고 있다.

시로여는세상 시인선 041

어쩌면, 내 얼굴

ⓒ2019 이순옥

펴낸날	2019년 11월 5일
지은이	이순옥
펴낸이	김병옥

펴낸곳	시로여는세상
등록일	2001년 12월 7일
등록번호	성북 바 00026호
주소	02875 서울시 성북구 보문로 29다길31, 114-903
편집실	03157 서울시 종로구 종로 19(르메이에르 종로타운) B동 723호
전화	02)394-3999
이메일	2002poem@hanmail.net
블로그	http//blog.daum.net/2002poem

편집 미술	김연숙
제작 공급	토담미디어 02)2271-3335

ISBN 979−89−93541−59−5